白雪

Maxence Fermine · Schnee

Für Léa

MAXENCE FERMINE

# *Schnee*

*Roman*

Aus dem Französischen
von
Monika Schlitzer

Goldmann Verlag

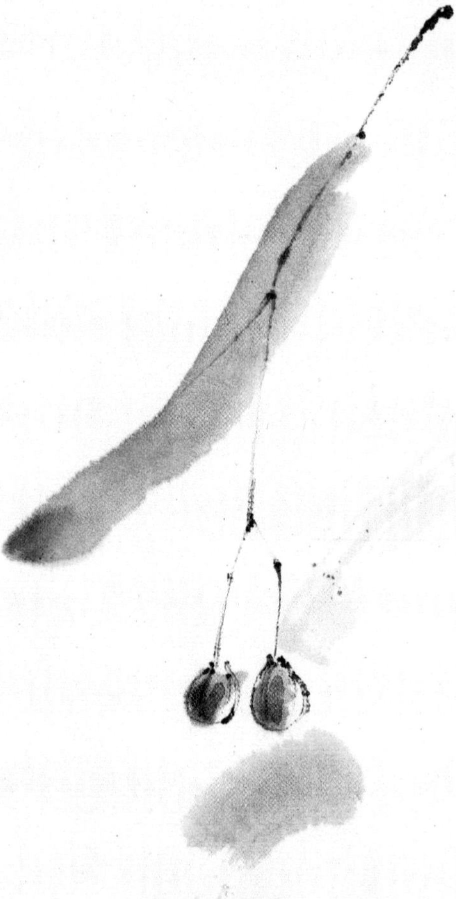

*An nichts denken als an Weiß*
ARTHUR RIMBAUD

# Erster Teil

# I

Yuko Akita hatte zwei Leidenschaften.
Haikus.
Und Schnee.

Das Haiku ist eine japanische Kunstform. Man bezeichnet so ein kurzes Gedicht, das aus drei Versen und siebzehn Silben besteht. Keine mehr und keine weniger.

Und der Schnee ist ein Gedicht. Ein Gedicht, das in weißen, luftigen Flocken aus den Wolken herabsinkt.

Er ist ein Gedicht, das dem Mund des Himmels entspringt, der Hand Gottes.

Der Name dieses Gedichts ist von einem Weiß, das alles andere an Strahlkraft übertrifft.

Schnee.

# 2

*Winterlicher Wind*
*Ein Shinto-Priester*
*Schreitet langsam durch den Wald*

Issa

Yukos Vater war Shinto-Priester. Er lebte auf der Insel Hokkaido, im Norden Japans, wo der Winter besonders ausdauernd und besonders hart ist.

Er lehrte seinen Sohn die Macht der kosmischen Kräfte, die Bedeutung des Glaubens und die Liebe zur Natur: Und er unterwies ihn in der Kunst der Haiku-Dichtung.

Es kam der Tag, da Yuko seinen siebzehnten Geburtstag feierte. Das war im April des Jahres 1884. Im Süden, in Kyushu, erblühten die ersten Kirschbäume. Im Norden Japans war das Meer aber noch immer von einer Eisschicht bedeckt.

Die sittliche und religiöse Erziehung des jungen Mannes war nunmehr abgeschlossen. Es war an der Zeit, dass er sich für einen Beruf entschied. Seit Generationen wählten die Mitglieder der Familie Akita zwischen einem religiösen Amt und der Armee. Doch Yuko fühlte sich zum Priesterstand kaum mehr hingezogen als zum Beruf des Kriegers.

»Vater«, sagte er daher am Morgen seines Geburtstages,

am Ufer des silberglänzenden Flusses, »es ist mein Wunsch, Dichter zu werden.«

Der Shinto-Priester runzelte kaum wahrnehmbar die Stirn, doch seiner Miene war die tiefe Enttäuschung anzusehen. Die Sonne spiegelte sich auf der Wasseroberfläche. Ein Mondfisch glitzerte zwischen den Birken und verschwand unter der Holzbrücke.

»Die Poesie ist kein Beruf. Es ist ein Zeitvertreib. Ein Gedicht ist wie Wasser, das vorüberfließt. Es ist genau wie dieser Fluss.«

Yuko senkte seinen Blick in die still dahinfließenden Fluten. Schließlich wandte er sich seinem Vater zu und sagte:

»Ebendies ist mein Wunsch. Ich möchte lernen zu sehen, wie die Zeit vergeht.«

# 3

*Der Klang des berstenden Wasserkrugs*
*(Im Nachtfrost)*
*Reißt mich aus dem Schlaf.*

Bashô

»Was ist Poesie?«, fragte der Shinto-Priester.

»Ein unergründliches Geheimnis«, antwortete Yuko.

Eines Morgens zerbirst ein Wasserkrug im Kopf und benetzt die Seele mit einem Tropfen Poesie. Die Seele erwacht und erkennt seine ganze Schönheit. In einem solchen Augenblick wird das Unsagbare sagbar. In einem solchen Augenblick geht man auf eine Reise, ohne sich von der Stelle zu bewegen. In einem solchen Augenblick wird man zum Dichter.

Nichts verfälschen. Nichts aussprechen. Nur betrachten und schreiben. Mit wenigen Worten ausdrücken, was man sieht. In den siebzehn Silben eines Haiku.

Eines Morgens erwacht man und begreift, dass es an der Zeit ist, sich aus der Welt zurückzuziehen. Denn dies ist der einzige Weg, das Staunen zu erlernen und die Welt neu zu entdecken.

Eines Morgens beginnt man, sich Zeit zu nehmen, sich selbst leben zu sehen.

# 4

*Die erste Zikade*
*Sagt er und er*
*Pisst.*

Issa

Die Monate verstrichen. Im Sommer des Jahres 1884 verfasste Yuko siebenundsiebzig Haikus, die alle von unvergleichlicher Schönheit waren.

Eines Morgens, als die Sonne ihre ersten schwachen Strahlen aussandte, ließ sich ein Schmetterling auf seiner Schulter nieder und hinterließ dort eine zarte, sternförmige Spur, die der Juniregen wieder abwusch.

Manchmal, zur Stunde der Mittagsruhe, ging er hinaus, um dem Gesang der Teepflückerinnen zu lauschen.

An einem anderen Tag fand er eine tote Eidechse vor seiner Tür.

Die übrige Zeit verstrich, ohne dass sich etwas ereignete.

Als der Winter zurückkehrte, stellte sich erneut die Frage, welche Richtung Yuko nun in seinem Leben einschlagen sollte.

An einem Morgen im Dezember nahm sein Vater ihn mit zum Fuße der japanischen Alpen, in der Mitte der Insel Honshu, und zeigte ihm einen Gipfel mit ewigem Schnee. Er übergab ihm einen Beutel mit Proviant und eine Rolle Seidenpergament und sagte zu ihm:

»Kehre nicht zurück, bevor du dir über deine Zukunft im Klaren bist. Krieger oder Priester. Du musst eine Entscheidung treffen.«

Der Jüngling machte sich an den gefährlichen Aufstieg. Er rastete nicht, bis er den Gipfel des Berges erreicht hatte. Dort suchte er Schutz unter einem überhängenden Felsen. Er ließ sich nieder und nahm die Schönheit der Welt in sich auf.

So blieb er sieben Tage an der Pforte des Himmels und nährte sich von nichts anderem als der Schönheit. Auf das Seidenpapier schrieb er nur ein einziges Wort, ein Wort von unvergleichlichem Weiß.

Als er zu seinem Vater zurückkehrte, fragte ihn dieser:

»Yuko, hast du deinen Weg gefunden?«

Der junge Mann kniete vor ihm nieder und sagte:

»Ich habe noch etwas weit Besseres gefunden. Ich habe den Schnee entdeckt.«

# 5

*In diesem Land des Schnees*
*Werd ich, nach meinem Tod,*
*Ein Buddha aus Schnee.*

Chôsui

Der Schnee ist ein Gedicht. Ein Gedicht von unvergleichlichem Weiß.

Er bedeckt im Januar die nördliche Hälfte Japans.

Dort, wo Yuko lebte, war der Schnee die Poesie des Winters.

Zum großen Kummer seines Vaters beschloss Yuko in den ersten Tagen des Januars 1885, sein Leben der Dichtung zu widmen. Er wollte fortan nur über die Schönheit des Schnees schreiben. Er hatte seinen Weg gefunden und wusste, dass er dieses Glitzerns in seinem Leben niemals überdrüssig sein würde.

Wenn es schneite, verließ er sehr früh am Morgen das Haus und brach zu einer Wanderung ins Gebirge auf. Er begab sich immer an denselben Ort, um seine Gedichte zu schreiben. Mit verschränkten Beinen setzte er sich unter einen Baum. Dort verweilte er viele Stunden auf der Suche nach den siebzehn schönsten Silben der Welt.

Wenn er dann sein Gedicht vollendet hatte, brachte er es zu Papier.

Jeder Tag bedeutete eine neue Inspiration, jeden Tag entstand ein neues Gedicht, das er wieder auf einem Bogen Seidenpergament niederschrieb. Jeden Tag erlebte er eine neue Landschaft, ein anderes Licht. Doch immer entstand ein Haiku, und das Thema war immer der Schnee. Er schöpfte die Zeit aus, bis die Nacht hereinbrach.

Zur Stunde der Teezeremonie kehrte er nach Hause zurück.

# 6

*Mit dem Saum ihres Rocks*
*Unschuldig spielend*
*Spreizen sie die Beine*

Taigi

Eines Abends jedoch war es Yuko unmöglich, seinen Platz unter dem Baum zu verlassen und sich auf den Rückweg zu machen.

Es war die Nacht des vollen Mondes, und man konnte alles so deutlich sehen wie am hellen Tag. Tausende weißer Krieger zogen mit einem Mal am Himmel auf. Eine Armee von Wolken, so duftig wie Schneeflocken, hüllte den Himmel ein. Es war die Schneearmee.

Yuko, vom Vollmond beschienen, wohnte stumm diesem Aufmarsch bei.

Er kehrte erst mit den ersten Strahlen der Morgenröte nach Hause zurück.

Auf dem Weg begegnete er einer jungen Frau, die im bleichen Licht des frühen Morgens Wasser aus einem Brunnen schöpfte.

Jedesmal wenn sie sich bückte, öffnete sich ihr Gewand an der Achsel und entblößte eine Brust, so weiß wie Schnee.

Zu Hause, in seinem Zimmer, fühlte Yuko seine Stirn: sie war heiß wie ein Glas Sake.

Er fiel in tiefen Schlaf, die Hand auf seinem Geschlecht, das sich wie eine rote Frucht erhob.

Draußen herrschte eisige Kälte.

# 7

*Schneidende Kälte*
*Ich küsse die zarte Pflaumenblüte*
*Im Traum*

Sôseki

Der Schnee hat fünf charakteristische Eigenschaften.
Er ist weiß.
Er bringt die Natur zum Stillstand und schützt sie.
Er ändert unablässig seine Form.
Er hat eine glatte Oberfläche.
Er verwandelt sich in Wasser.

Als er versuchte, seinem Vater dies begreiflich zu machen, erregte er damit nur die Widerrede des Shinto-Priesters, so als ließe die sonderbare Passion seines Sohnes für Schnee ihm die kalte Jahreszeit noch schrecklicher erscheinen.

»Schnee ist weiß. Also ist er unsichtbar, und damit existiert er in Wirklichkeit gar nicht.

Er bringt die Natur zum Stillstand und schützt sie. Welcher Hochmut zu behaupten, etwas könne die Natur zum Stillstand bringen.

Er ändert unablässig seine Form. Also ist er launisch und unberechenbar.

Seine Oberfläche ist glatt.

Wer will behaupten, es mache ihm Spaß, auf Schnee auszugleiten?

Er verwandelt sich in Wasser. Dies geschieht nur, um uns zur Zeit der Schmelze mit Überschwemmungen Verdruss zu bereiten.«

Yuko erkannte jedoch dem Schnee noch fünf weitere Eigenschaften zu, die ihn mit den Künsten in Beziehung setzten.

»Er ist weiß. Also ist er ein Gedicht. Ein Gedicht von großer Reinheit.

Er bringt die Natur zum Stillstand und schützt sie. Wie ein Gemälde. Das zarteste Winterbild, das man sich vorstellen kann.

Er ändert unablässig seine Form. Wie eine Kalligrafie. Es gibt zehntausend verschiedene Möglichkeiten, das Wort Schnee zu schreiben.

Seine Oberfläche ist glatt. Er lädt zum Schweben ein und zum Tanz. Jeder kann sich auf der glatten Fläche des Schnees wie ein Seiltänzer fühlen.

Er verwandelt sich in Wasser. Damit ist er Musik. Im Frühling verwandelt er Flüsse und reißende Ströme in ganze Symphonien weißer Noten.«

»All das ist für dich der Schnee?«, fragte verwundert der Shinto-Priester.

»Er ist noch weit mehr als das.«

In jener Nacht begriff der Vater Yuko Akitas, dass die Haiku-Dichtung nicht genügen würde, die Augen seines Sohnes mit der Schönheit des Schnees zu füllen.

# 8

Es gab drei Dinge, denen Yukos ganze Ehrfurcht galt: der Kunst der Haiku-Dichtung, dem Schnee und der Zahl sieben, in welcher Form und Verbindung sie ihm auch begegnete.

Die Sieben ist eine magische Zahl.

Sie beinhaltet zugleich das Gleichgewicht des Quadrats und die Spannung des Dreiecks.

Yuko war sieben und zehn Jahre alt, als er begann, Dichter zu werden.

Er schrieb Gedichte, die aus siebzehn Silben bestanden.

Er besaß sieben Katzen.

Und er hatte seinem Vater versprochen, nicht mehr als siebenundsiebzig Haikus in einem Winter zu schreiben.

Die übrige Zeit des Jahres würde er zu Hause bleiben und nicht an den Schnee denken.

# 9

An einem Tag im Frühling, als die Sonne neue Kraft schöpfte, bekam ein berühmter Dichter am Hofe von Meiji Kunde von Yukos Arbeiten. Er begab sich in das Dorf, in dem Yuko lebte, und suchte das Haus von Yukos Vater auf. Da er ihn nicht antraf, ließ er nach dem Priester schicken. Der kam aus dem benachbarten Shinto-Tempel herbeigeeilt, um den hohen Würdenträger des Kaisers ehrerbietig zu begrüßen. Indem er ihm eine Tasse Tee reichte, sprach er:

»Mein Sohn wird heute Abend zum letzten Mal für dieses Jahr aus den Bergen zurückkehren. Heute ist der Tag seines siebenundsiebzigsten Haikus. Doch wenn Ihr es wünscht, kann ich Euch in seine Kammer führen. Dort bewahrt er seine Gedichte auf, die er alle auf Seidenpergament niedergeschrieben hat.«

Der Dichter sog den Duft des Tees ein. Sein Herz war von Freude erfüllt, denn er erinnerte sich an die Zeit, als er selbst von einem Meister der Verse entdeckt worden war. Dieser hatte ihn zum Kaiser geführt, damit er ihm einige Gedichte vortrüge, die die Ehre hatten, ihm zu gefallen. Dann nahm er einen Schluck des leicht bitter schmeckenden Tees und erwiderte:

»Zeigt mir die Wunderwerke Eures Sohnes.«

Der Priester bat ihn, ihm zu folgen, und gemeinsam betraten sie einen Raum, dessen Wände über und über mit Pergamentblättern bedeckt waren. Ein Anblick von atemberaubender Schönheit.

»Hier ist es, Meister. Alle Haikus meines Sohnes harren Eures Urteils.«

Der Dichter trat mit majestätischer Gemessenheit näher und las jedes der sechsundsiebzig Schneegedichte, die Yuko Akita in diesem Winter komponiert hatte.

Als er das letzte Gedicht gelesen hatte, sah der Priester ihn an und bemerkte, dass Tränen von seinen Lidern perlten.

»Diese Haikus sind von großer Schönheit. Ich habe niemals etwas Vollkommeneres gelesen. Es mag sein, dass der Kaiser Euren Sohn sogar zum Hofdichter ernennen wird, als meinen Nachfolger, wenn ich einmal nicht mehr sein werde.«

Yukos Vater, von Freude überwältigt, warf sich dem hohen Würdenträger zu Füßen.

»Dennoch muss ich gestehen«, fügte er hinzu, »dass zwei Dinge mich traurig stimmen.«

Der Priester schrak bei diesen Worten zusammen.

»Was ist es, sprecht? Sind diese Haikus nicht die schönsten, die ein Dichter geschrieben hat seit der Zeit des großen Bashô?«

»Das Werk ist ohne jeden Zweifel unvergleichlich. Die Worte schöpfen aus der Quelle der Schönheit. Die Texte besitzen eine ganz eigene Musikalität, doch es fehlt ihnen etwas Wesentliches: die Farbe. Die Dichtung Eures Sohnes ist weiß wie die Unendlichkeit, beinahe unsichtbar. Wenn Euer Sohn seine Werke dem Kaiser vortragen will, muss er lernen, ihnen Farbe zu verleihen.«

»Er ist noch jung, vergesst das nicht. Er ist gerade erst siebzehn Jahre alt. Er hat noch viel Zeit zu lernen. Doch was ist es noch, das Euch nachdenklich stimmt?«

Der Dichter bat um eine zweite Tasse Tee, ließ sich auf dem Fass vor dem Haus nieder und betrachtete den Berg mit seinen frischen frühlingshaften Farben. Dann nahm er einen Schluck des bitteren Tees und fragte den Priester:

»Warum Schnee?«

# 10

Als Yuko vom Berg nach Hause zurückkehrte und hörte, dass ein Fremder seine Gedichte gelesen und, schlimmer noch, Gefallen daran gefunden hatte, packte ihn eine unbändige Wut.

»Das sind nur Skizzen! Ich bin in meiner Kunst noch bei weitem nicht vollkommen, ich stehe erst ganz am Anfang und habe noch einen langen Weg vor mir.«

»Und dennoch hat man dich an den Hof geladen! Das ist eine Ehre, eine sehr große Ehre, begreifst du das nicht?«, antwortete sein Vater.

»Nein«, sagte Yuko. »Es ist eine Erniedrigung.«

Als sein Vater ihm die genauen Worte wiedergab, die der Dichter geäußert hatte, geriet Yuko außer sich vor Zorn:

»Was weiß er schon von der Malerei und ihren Farben? Es gibt zehntausend verschiedene Arten zu schreiben, zehntausend Arten, ein Gedicht zu schreiben, doch für mich ist das Einzigartige, das Ziel meines Strebens der Schnee! Ich werde erst zum Kaiser gehen, wenn ich zehntausend Silben geschrieben habe, zehntausend Silben von unvergleichlichem Weiß. Nicht vorher.«

»Aber zehntausend Silben, das sind beinahe fünfhundert Haikus! Wenn du in jedem Jahr siebenundsiebzig Gedichte schreibst, bedeutet das nicht weniger als sieben Jahre Arbeit.«

»Dann werde ich mich also in sieben Jahren an den Hof des Kaisers begeben.«

Zwischen Vater und Sohn war von nun an nie wieder die Rede vom Besuch des kaiserlichen Hofdichters.

Im folgenden Frühjahr hielt Yuko sein Versprechen und schrieb nicht einen einzigen Vers.

Er begnügte sich damit, den Duft des blühenden Kirschbaumes im grünen Garten einzusaugen.

Im Sommer atmete er die Honigbrise des Waldes ein, wenn der Mond über die Berggipfel herüber leuchtete.

An den ersten Tagen der Herbststürme fand er einen Pfifferling im Moos am Ufer des Flusses.

Es war ein Jahr der Ruhe und des Innehaltens, das für ihn von mannigfaltigen Düften erfüllt war.

# II

*Die Haut der Frauen*
*Die Haut, die sie stets verhüllen,*
*Wie warm ist sie!*

Sutejo

Der zweite Winter des Dichters war von einem überwältigenden Weiß. Es fiel unfassbar viel Schnee.

Eines Nachts im Dezember machte die junge Frau vom Brunnen ihn zum ersten Mal mit der Liebe vertraut. Ihre Haut hatte den Duft und den Geschmack eines Pfirsichs. Er nahm ihre schneeweißen Brüste in seinen Mund und saugte daran wie an einer Mondzitrone. Erst im ersten Dämmerlicht des Morgens konnte er von ihr lassen.

Im Laufe dieses Winters schrieb Yuko siebenundsiebzig Haikus, von denen eines schöner und makelloser war als das andere.

Dies waren die drei letzten:

*Durchsichtiger Schnee*
*Eine Brücke der Stille*
*Wie auch der Schönheit.*

*Die Musik des Schnees*
*Eine Wintergrille*
*Unter meinen Schritten.*

*Zusammengekauert*
*Lässt sie ihr Wasser rinnen*
*Warm in den Schnee.*

Dies waren nach seiner eigenen Überzeugung wirkliche, vollendete Haikus.

Ein Haiku musste durchsichtig sein. Es musste einen Moment einfangen. Und es musste eine ganz eigene subtile oder auch prosaische Schönheit besitzen.

Gewöhnlichen Sterblichen blieb ihre Schönheit nicht selten verborgen. Doch für poetische Seelen waren sie wie eine Brücke zu einem göttlichen Licht. Eine Brücke zum weißen Licht der Engel.

## 12

An den ersten Tagen des Frühlings gewann die Sonne neue Kraft. Und mit ihr kehrte der Hofdichter Meiji zurück.

Diesmal war er nicht allein.

Er kam in Begleitung einer jungen Frau von überwältigender Schönheit, betörend wie ein Gedicht. Ihre Haut war hell und ihr Haar so schwarz wie die Nacht. Sie war der Schützling des Meisters.

Yukos Vater empfing die beiden Besucher mit großer Ehrerbietung in der Laube im Garten. Er bot ihnen erlesenen, köstlich schmeckenden Tee an. Nachdem sowohl der Meister als auch seine junge Begleiterin einen bitteren Schluck genommen hatten, richtete er das Wort an sie:

»Mein Sohn empfindet sich der Ehre, die Ihr ihm erweist, als unwürdig. Er ist der Überzeugung, dass er sieben Jahre benötigt, um seine Kunst soweit zu vervollkommnen, dass er sich dem Kaiser vorstellen kann. Da er erst den zweiten Winter der Poesie gewidmet hat, liegen also noch fünf weitere Jahre vor ihm.«

Der alte Mann blickte lange auf den silbernen Rand des Flusses, bevor er das Wort ergriff.

»Fünf Jahre sind eine lange Zeit. Ich weiß nicht, ob der Kaiser bereit ist, sich so lange zu gedulden. Wann erwartet Ihr Yuko zurück?«

»Sowie es dämmert.«

»Wir werden auf ihn warten.«

Als Yuko aus dem Gebirge zurückkehrte, traf er die beiden Besucher in seinem Atelier an. Augenblicklich war er von der bezaubernden Schönheit der jungen Frau gefangen. Das Gesicht des Meisters ließ ihn dagegen unbeeindruckt.

»Yuko«, sprach der kaiserliche Hofdichter, »ich möchte dir zwei Fragen stellen.«

»Meister, ich höre.«

»Warum sieben Jahre?«

»Weil die Sieben eine magische Zahl ist.«

Yuko bemerkte, wie ein verstohlenes Lächeln um den Mund der jungen Frau spielte. Ihre Lippen erinnerten ihn an eine frische Frucht. Er musste sich beherrschen, um nicht voller Lust hineinzubeißen.

»Aber sage mir, warum ausgerechnet Schnee?«, fuhr der Meister fort zu fragen.

»Weil der Schnee ein Gedicht ist, eine Kalligrafie, ein Gemälde, ein Tanz und eine Melodie – und er ist alles zugleich.«

Der alte Mann beugte sich zu Yuko und fragte ihn mit leiser, fast flüsternder Stimme.

»All das ist für dich der Schnee?«

»Er ist noch weit mehr.«

»Du bist Dichter. Aber was weißt du von den anderen Künsten? Kannst du tanzen, malen, beherrschst du die Kunst der Kalligrafie und der Komposition?«

Yuko wusste darauf so schnell nicht zu antworten. Er fühlte, wie ihm die Röte ins Gesicht stieg.

»Ich bin Dichter. Ich schreibe Verse. Ich brauche nichts anderes, um meine Kunst auszuüben.«

»Irrtum. Die Poesie ist vor allem anderen die Malerei, die Choreografie, die Musik und die Kalligrafie der Seele. Ein Gedicht ist zugleich das Bild, ist der Tanz, die Musik und die Schrift der Schönheit. Wenn du die Meisterschaft erlangen willst, musst du ein universeller Künstler sein. Deine Werke sind von einer wunderbaren Schönheit, tänzerischen Bewegung und Musikalität, und doch sind sie bei alledem so weiß wie Schnee. Es fehlt ihnen die Farbigkeit, die Malerei. Du bist kein Maler, Yuko. Und das ist es, was dir fehlt. Nichts weiter als das. Und deshalb wird deine Dichtung für die Augen der Welt unsichtbar bleiben, wenn du nicht auf mich hörst.«

Yuko war der Worte des alten Mannes überdrüssig, doch die junge Frau an seiner Seite war so schön, dass Yuko sie nicht enttäuschen wollte.

»Ich höre Euch zu, Meister.«

»Es gibt im Süden unseres Landes einen Mann, der diese absolute, universelle Kunst besitzt. Er schreibt wundervolle Gedichte, musikalische Meisterwerke, doch vor allem anderen ist er ein Maler. Dieser einzigartige Meister heißt Soseki. Er war mein Lehrer. Geh zu ihm, und sage ihm, ich habe dich geschickt. Ich bitte dich eindringlich. Von ihm wirst du das wenige lernen, das dir zu deiner Kunst fehlt.«

Nicht ein einziges Mal während des ganzen Gesprächs meldete sich die Begleiterin des kaiserlichen Hofdichters zu Wort. Sie begnügte sich damit, Yuko aufmerksam zu mustern, während sie in großen Schlucken den dampfenden Tee trank.

»Zögere nicht zu lange«, fügte der alte Mann hinzu, »denn Soseki ist sehr alt und kann bald sterben.«

Yuko verneigte sich höflich und meinte:

»Meister, ich werde mich morgen auf den Weg zu Soseki machen.«

Dann wandte er sich um und verneigte sich unbeholfen vor dem Mädchen an seiner Seite. Sie lachte leise und ein wenig spöttisch auf, es klang wie ein Triller, der sich in die Lüfte erhebt.

In seinem Herzen erwachten zugleich ein schrecklicher Hass und eine tiefe Liebe zu ihr.

# 13

An jenem Abend ging er zu dem Mädchen vom Brunnen. Er schlief mit ihr im Schnee, unter dem kristallenen Geäst des Kirschbaums. Sie liebten sich siebenmal und mit großer Leidenschaft. So lange, bis sein Glied einer alten Artischocke glich und das Geschlecht des Mädchens einer violetten Geschwulst.

Er sagte ihr nicht, dass es ein Abschied war.

# 14

Am nächsten Morgen bei Sonnenaufgang verließ Yuko sein Dorf. Er verabschiedete sich von seinem Vater und den anderen Familienmitgliedern und machte sich auf den Weg Richtung Süden.

Es war eine Reise zur Sonne seines Herzens. Die Reinheit der Welt und ihr Licht lag vor seinem Blick ausgebreitet. Während er langsam dahinschritt, verspürte Yuko eine prickelnde Freude. Er fühlte sich glücklich und frei. Das einzige Gepäck, das er mit sich trug, war das Gold seines Glaubens an die Liebe und an die Dichtung.

Doch es geschah, was geschehen musste. Aus allzu großer Liebe für den Schnee hatte er die Angst vor seiner Gewalt vollkommen verloren. Und so wäre er dieser Liebe beinahe zum Opfer gefallen.

Während Yuko die japanischen Alpen überquerte, brach ein fürchterlicher Schneesturm los, in dem er jegliche Orientierung verlor. Er war den Kräften der Natur schutzlos ausgeliefert und verdankte sein Überleben lediglich einem Zufall, der ihn zu einem Unterschlupf führte. Yuko duckte sich unter einen überhängenden Felsen, der ihn vor dem Sturm schützte, und dort, vor Kälte erstarrt, am Ende seiner Kräfte, mutterseelenallein in der undurchdringlichen Finsternis, im tiefen Schnee, einsam bis zur Verzweiflung, umgeben von unendlicher Stille überlebte er, wo er eigentlich hundertmal vor Kälte, vor Hunger, vor Müdigkeit und Erschöpfung hätte sterben müssen.

Er überlebte, weil das, was er in jener Nacht sah, dieses Wunderbare, dieses Unglaubliche, das von der anderen Seite der Wirklichkeit zu kommen schien, das Erhabenste und Schönste war, das ihm in seinem ganzen bisherigen Leben vergönnt war zu sehen. Und dieses Bild prägte sich für immer tief in seinem Gedächtnis ein.

# 15

Dieses unsagbar Schöne war eine Frau. Er erblickte sie, als er sich unter dem Felsüberhang niederließ, und rieb sich ungläubig die Augen. Sie schien so zerbrechlich wie ein Traum. Es war eine junge Frau, eine nackte, blonde, europäisch aussehende Frau. Sie lag in einem tiefen, friedlichen Schlummer. Sie schlief einen Meter tief unter dem Eis.

# 16

In Wirklichkeit schlief sie natürlich nicht. Sie war tot. Doch ihr Sarg war so durchsichtig wie Kristall. Yuko entbrannte augenblicklich in Liebe zu der schönen rätselhaften Frau.

Nicht einen Augenblick hatte er das Empfinden, neben einem Leichnam zu liegen. Sie war keine gewöhnliche Tote. Sie erschien ihm wie ein Wunder.

Aber wie kam es, dass diese Frau nackt unter einer meterdicken Eisschicht lag? Yuko grübelte über diese Frage nach, ohne eine Antwort darauf zu finden.

Woher kam sie? Wie lange war sie schon in dieser durchsichtigen, eisigen Höhle gefangen? Und, vor allem anderen, existierte sie überhaupt wirklich, oder war sie ein Bild, das seine Fantasie ihm vorgaukelte?

Die junge Frau in ihrem eisigen Gefängnis schien zerbrechlich und zart wie ein Traum. Ihr helles Haar leuchtete einer Fackel gleich. Ihre Lider ließen, obwohl sie geschlossen waren, das Gletscherblau ihrer Augen ahnen, so als hätte das Eis die Haut, die einmal die Pupillen schützte, durchsichtig gemacht. Ihr Gesicht war so weiß wie der Schnee.

Yuko betrachtete sie ganz und gar versunken, überwältigt von ihrer Schönheit.

# 17

Yuko glaubte zu träumen.

Ihm schien es, als sei die junge Frau die zum Traumbild verwandelte Wirklichkeit. Doch er sah kein Trugbild vor sich. Sie war wirklich da, unter dem Eis, und er empfand für sie eine tiefe Liebe.

Seine Augen tranken sich an diesem Anblick satt und konnten sich keine Sekunde von ihr lösen. Er verharrte trotz der Kälte bewegungslos neben ihr und gab sich diesem Anblick hin, der all seine Träume übertraf.

Yuko blieb die ganze Nacht bei ihr, und für ihn stand die Zeit still.

Wer war diese Frau, was hatte sie an diesen Ort geführt?

Würde er die Antwort je erfahren?

Eines jedoch wusste er, und es war eine traurige und zugleich schöne Gewissheit: Er selbst würde altern und eines Tages sterben, doch die Liebe, die er für diese Frau empfand, würde niemals sterben, ebenso wenig wie das schlafende Gesicht unter dem Eis jemals Spuren des Alters zeigen würde.

# 18

Im Morgengrauen errichtete Yuko an der Stelle, an der er seine Entdeckung gemacht hatte, ein Kreuz. Dann machte er sich wieder auf den Weg.

Er würde niemals vergessen, was er in jener Nacht erlebt hatte. Das Gesicht dieser Frau verfolgte ihn während seiner ganzen Reise.

Am Abend gelangte er mit letzter Kraft in ein Gebirgsdorf.

Er schaffte es gerade noch bis zum Dorfplatz und brach dann vor Müdigkeit neben dem zugefrorenen, vereisten Dorfbrunnen zusammen. Ein alter Bauer eilte herbei und bot ihm ein Glas Sake an.

Der junge Mann streckte sich ihm entgegen, nahm einen Schluck der glasklaren Flüssigkeit, und, als er wieder sprechen konnte, fragte er:

»Wer ist sie?«

Dann sank er in den Armen des Alten zusammen.

# 19

Es dauerte sieben Tage, bis Yuko sich erholt hatte und wieder zu Kräften kam. Dann erst konnte er seine Reise fortsetzen.

Diese sieben Tage verbrachte Yuko überwiegend schlafend, und er träumte von der Frau im Schnee. Eines Morgens schließlich stand er auf, dankte dem Bauern und machte sich wieder auf den Weg. Über die junge Frau, die er unter der Eisschicht gesehen hatte, verlor er kein Wort mehr.

# 20

Er durchquerte das ganze Land, von einem Ende zum anderen, bis er schließlich eines Morgens vor Sosekis Tür gelangte. Der Diener, der ihm mit freundlichem Lächeln öffnete, trug den Namen Horoshi. Er war ein alter Mann mit eingefallenen Wangen und ergrautem Haar.

Yuko verneigte sich und sagte: »Der Dichter vom Hof von Meiji schickt mich zu Eurem Meister Soseki, damit ich von ihm die Kunst der Farben erlerne. Darf ich eintreten?«

Der Diener trat zur Seite, und Yuko überschritt die Schwelle zu einem angenehm eingerichteten Raum. Er setzte sich mit verschränkten Beinen auf eine Matte, den Blick zum Garten hin gewandt, in dem eine Vielzahl der unterschiedlichsten Pflanzen wuchs. Man brachte ihm eine Schale mit heißem, duftendem Tee. Draußen, in der Nähe des silbern schimmernden Flusses, erklang der betörende Gesang eines Vogels.

»Ich komme von sehr weit her«, fuhr Yuko fort. »Ich bin Dichter. Genauer gesagt, bin ich der Dichter des Schnees. Ich bin gekommen, um mich von Meister Soseki unterweisen zu lassen.«

Horoshi neigte verstehend den Kopf.

»Wie lange gedenkt Ihr beim Meister zu bleiben?«

»So lange es notwendig ist. Ich möchte meine Kunst vervollkommnen.«

»Ich verstehe. Doch bedenkt, mein Meister ist sehr alt und matt. Ihm bleibt nicht mehr viel Zeit zum Leben. Des-

wegen widmet er seine Stunden nur einer sehr begrenzten Zahl würdiger Schüler. Zweimal am Tag unterrichtet er, in der Morgendämmerung und bei Sonnenuntergang. Er wählt diese Zeiten wegen des Lichts.«

»Ich werde ihn nicht über Gebühr beanspruchen. Und im Übrigen, wenn es sich erweisen sollte, dass ich nicht würdig bin, sein Schüler zu sein, werde ich mich augenblicklich auf den Rückweg machen.«

»Meister Soseki wird Eure Begabung einzuschätzen wissen. Nun, hier kommt er gerade. Es ist Zeit für seinen Spaziergang im Blumengarten. Ihr müsst wissen, das ist der Quell, aus dem er die leuchtende Farbigkeit seiner Dichtkunst schöpft.«

Horoshi wies auf eine Gestalt, die sich langsam im Garten auf sie zu bewegte. Als Yuko seinen Kopf in die bezeichnete Richtung wandte, entdeckte er einen alten Mann mit langem, weißem Bart. Er bewegte sich so langsam, als taste er sich auf einem Seil vorwärts. Auf seinem Gesicht lag ein glückliches Lächeln. Seine Augen waren geschlossen.

»Ist das der Meister der Farben?«, fragte Yuko.

»Ja, das ist Soseki. Der große Maler Soseki.«

»Aber er ist doch... Seine Augen...«

»Ja«, sagte Horoshi. »Mein Meister ist blind.«

# 21

Wie konnte ihn ein Maler, der erblindet war, etwas über die Farben lehren? Hatte sich der Dichter des Meiji-Hofes über ihn lustig gemacht, als er ihm einen Lehrer empfahl, der nicht einmal mehr die Güte seiner eigenen Arbeiten beurteilen konnte? Einen Moment lang war Yuko versucht aufzugeben und so schnell wie möglich in sein Dorf und zu seinen geliebten Bergen zurückzukehren. Doch Horoshis Arm hielt ihn zurück.

»Geht nicht weg, bevor Ihr es wirklich herausgefunden habt. Soseki mag die Nuancen nicht mehr sehen, doch sein Geist weiß, was Eure Augen nicht zu sehen vermögen. Kommt, ich werde Euch ihm vorstellen.«

»Was kann mich wohl ein Blinder über die Kraft der Farben lehren?«

»Dasselbe, was er Euch über die Frauen lehren kann. Obgleich es lange her ist, dass er zuletzt mit einer Frau sein Lager geteilt hat. Urteilt nicht nach dem ersten Augenschein. Das führt nur in die Irre.«

Horoshi schob Yuko mehr zum Meister hin als dass er ihn führte.

»Wer bist du? Und was erwartest du von mir?«, fragte Soseki, nachdem sie einander begrüßt hatten.

»Ich bin Yuko, der Dichter des Schnees. Meine Verse sind schön, doch sie sind von einem trostlosen Weiß. Meis-

ter, lehrt mich zu malen. Unterweist mich in der Kunst der Farben.«

Soseki lächelte und erwiderte:

»Lehre du mich zuerst, was der Schnee ist.«

# 22

Der Unterricht des Meisters war mit nichts zu vergleichen, was Yuko bisher erlebt hatte.

Am Morgen des ersten Unterrichtstages standen sie am Ufer des Flusses, der noch in zartes Morgenlicht getaucht war.

Soseki bat Yuko, die Augen zu schließen und sich Farben vorzustellen.

»Die Farbe ist nicht in der äußeren Welt. Sie ist in uns selbst. Nur das Licht ist Teil der äußeren Welt«, sagte er. »Was siehst du?«

»Nichts. Wenn ich die Augen geschlossen habe, sehe ich nur Schwarz. Ist das bei Euch anders?«

»Ja«, antwortete Soseki. »Ich sehe außerdem das Blau der Frösche und das Gelb des Himmels. Also, wer von uns beiden ist in Wahrheit der Blinde?«

Yuko hätte ihm antworten wollen, der Himmel sei gar nicht gelb, ebenso wenig wie die Frösche blau waren, doch er unterdrückte diese Bemerkung. Der alte Mann war vielleicht verrückt geworden. Oder er war einfach nur senil. Jedenfalls wollte er ihn nicht enttäuschen.

»Meister«, sagte er, »ich glaube, ich beginne etwas zu sehen.«

»Was siehst du?«

»Ich sehe das Rot der Bäume.«

»Du Dummkopf«, sagte Soseki. »Das kann überhaupt nicht sein. Hier gibt es nämlich keine Bäume.«

# 23

Am zweiten Morgen forderte der Meister Yuko wieder auf, die Augen zu schließen, und er sagte:

»Die Farbe ist im Innen, sie ist in uns selbst. Nur das Licht ist in der äußeren Welt. Schließe die Augen, und sage mir, was du siehst.«

»Meister«, sagte Yuko, »ich sehe das weiße Leuchten des Schnees.«

Als er dies aussprach, musste Yuko sich beherrschen, nicht zu lachen. Es war ein schöner Frühlingsmorgen. Die Sonnenstrahlen brannten stechend heiß herab.

»Du hast Recht«, sagte Soseki, »diesen Winter hat es an dieser Stelle geschneit. Du beginnst, sehend zu werden.«

# 24

So wurde Yuko vom Meister aufgenommen, um ein ganzes Jahr von ihm unterrichtet zu werden.

Horoshi, der Diener, wurde sein Freund. Sie teilten eine Schlafkammer. Eines Abends stellte Yuko ihm eine Frage:

»Sage mir, was für ein Mensch ist der Meister? Und beherrscht er seine Kunst wirklich in der Vollkommenheit, wie es alle sagen?«

»Soseki ist der größte Künstler Japans. Er beherrscht die Malerei, die Musik, die Dichtkunst, die Kalligrafie und den Tanz gleichermaßen. Doch seine Kunst wäre niemals entstanden ohne seine Liebe zu einer Frau.«

»Eine Frau?«, fragte Yuko.

»Ja, eine Frau. Denn wie jeder weiß, ist die Liebe die schwierigste aller Künste. Und schreiben, tanzen, komponieren, malen ist dasselbe wie lieben. Es ist ein Tanz auf dem Hochseil. Das Schwierigste dabei ist, vorwärts zu gehen, ohne abzustürzen. Soseki ist schließlich abgestürzt – durch die Liebe zu einer Frau. Allein die Kunst konnte ihn vor der Verzweiflung und vor dem Tode retten. Doch das ist eine lange Geschichte, sie wird dich wahrscheinlich nur langweilen.«

»Oh«, flehte Yuko, »bitte erzähle mir davon.«

»Diese Geschichte geht in die Zeit zurück, als der Meister noch ein Samurai war.«

»Soseki? Ein Samurai? Erzähle! Erzähl mir davon, ich bitte dich!«

Horoshi trank ein Glas Sake und tauchte auf das Drängen des jungen Mannes in seinen Gedanken tief in die Vergangenheit hinab.

»Alles begann durch einen Zauber …«

# Zweiter Teil

# 25

Alles begann durch einen Zauber. An einem Tag im Winter des Jahres 18.., als Soseki vom Krieg nach Hause zurückkehrte, begegnete er einer Frau, wie er noch niemals zuvor eine getroffen hatte, und er verliebte sich sogleich unsterblich in sie.

Zu dieser Zeit war mein Meister ein Samurai im Dienste des Kaisers.

Soseki hatte an einer grausamen Schlacht teilgenommen, in der seine Armee einen überwältigenden, ganz und gar unverhofften Sieg errungen hatte. Er kam also als Sieger nach Hause. Siegreich aber verletzt. Ein tödlich getroffener Kämpfer hatte ihm mit seinem Säbel die Schulter durchbohrt, nachdem eine Kanonenkugel ihm den Kopf weggeschossen hatte. Diese Bilder hatte Soseki noch immer vor Augen: den Geschmack von Erde und Blut, den er im Munde spürte, die Krieger der gegnerischen Armee, die sich auf ihn stürzten, das hassverzerrte Gesicht eines Feindes. Dieser Mann wollte sich gerade auf ihn stürzen, um ihn mit seiner Waffe aufzuspießen. Im nächsten Moment würde er die kalte Klinge des Säbels auf seiner Stirn spüren. Dann eine Explosion, Donnergetöse und ein kopfloser Körper, der sich noch bewegte, der noch weiterrannte, bevor er auf ihm zusammenbrach und ihm mit dem ganzen Gewicht seines fallenden, sterbenden Körpers eine scharfe Klinge in die Schulter stieß, so als wollte er ihm die Grausamkeit des

Schlachtfeldes besonders deutlich vor Augen führen, die ihnen beiden eigentlich hätte erspart bleiben müssen. Aber so war es nun einmal. Dies waren die Zeiten der Ehre. Dies waren die Freuden des Krieges.

Der Samurai konnte den Anblick dieses Menschen ohne Kopf niemals vergessen. Es war das Grausamste, das er je in seinem Leben sehen musste.

Danach verlor er das Bewusstsein. Die anderen hielten ihn für tot und ließen ihn auf dem Schlachtfeld zurück. Er lag eine ganze Nacht lang unter dem geköpften Leib. Am Morgen schließlich vernahmen sie sein Stöhnen. Sie zogen den Toten zur Seite und entdeckten das schreckensverzerrte Gesicht Sosekis. Sie pflegten ihn, doch er blieb mehrere Tage im Delirium. Selbst eine Woche später hatte er noch immer das Grauen in seinen Augen.

Der Kaiser kam persönlich, um Soseki zu seiner Rettung zu beglückwünschen. Dies erfüllte ihn zwar mit einem gewissen Stolz, doch das Entsetzen über das, was er hatte erleben müssen, trübte seine Freude.

Nachdem er schließlich wieder bei Kräften war, machte er sich auf den Heimweg. Es war nicht so sehr seine Verwundung, die ihn daran hinderte, wieder in den Kampf zu ziehen – schließlich war er seit Beginn des Feldzugs bereits sechsmal verletzt worden –, es war vielmehr die Abscheu vor dem Krieg. Er, der sein ganzes Leben in den Dienst der Armee gestellt hatte, erkannte nun, dass er vom Töten genug hatte.

Er verließ also die Armee und machte sich zu Fuß auf den Weg nach Hause. Und auf diesem Weg ereignete sich das Wunderbare.

Zitternd vor Kälte, am Ende seiner Kräfte, das Grauen des Krieges in seinem Blick, allein mit den düsteren, tragischen Erlebnissen, die hinter ihm lagen, allein im tiefen Winter, einsam bis zur Verzweiflung, umgeben von unendlicher Stille: Er hätte hundertmal vor Kälte, Erschöpfung, Verzweiflung und Müdigkeit sterben müssen, und doch überlebte er auf wundersame Weise.

Er überlebte, weil er an jenem Tag dieses Wunder erblickte, dieses Großartige, das von der anderen Seite der Wirklichkeit zu ihm gekommen war, wohl um ihm über das grauenvolle Bild des geköpften Mannes hinwegzuhelfen. Diese Erhabenheit und Schönheit übertraf alles, was er in seinem Leben jemals erblickt hatte. Und dieses Bild konnte der Samurai in seinem ganzen Leben niemals mehr vergessen.

# 26

Was Soseki so verzaubert hatte, war der Anblick einer jungen Frau, die auf einem Drahtseil balancierte. Sie schien so leicht wie ein Vogel, wie sie sich über dem silbernen Fluss mit der Grazie und Anmut eines Eichhörnchens auf dem Seil vorwärts bewegte.

Sie befand sich mehr als sechzig Fuß über dem Boden. Das Seil war auf diese Entfernung nicht zu erkennen, und es war, als hielte ein Zauber sie in der Luft. Für den, der sie von weitem sah, auf ihrem unsichtbaren Seil, die Balancierstange in den Händen, schien sie wie ein Engel, der langsam über den azurblauen Himmel schwebte.

Soseki näherte sich langsam dem Fluss. Es war das erste Mal, dass er eine Europäerin sah. Und diese fremdartige Frau schien noch dazu zwischen Himmel und Erde zu fliegen.

Wie gebannt trat er näher, bis er genau unter ihr stand.

Am Flussufer hatte sich eine große Menschenmenge versammelt, um die wundersame Erscheinung zu betrachten.

Soseki gesellte sich zu einem alten Mann und befragte ihn, den Kopf noch immer im Nacken, ohne die Augen abzuwenden:

»Wer ist sie?«

Der alte Mann antwortete, das Gesicht zum Himmel gewandt, mit einem Beben in der Stimme:

»Vielleicht ist sie eine Seiltänzerin, aber vielleicht ist es auch ein blonder Vogel, der sich in der Luft verirrt hat.«

# 27

Sie war Seiltänzerin, und ihr Leben hing an einem Seil. An einem Seil, das über eine Schlucht gespannt war.

# 28

Sie kam aus Paris, in Frankreich. Ihr Name war Neige, was in ihrer Muttersprache Schnee bedeutet. Man hatte sie so genannt, weil sie eine Haut besaß, die unvergleichlich weiß war, ihre Augen waren von einem eisigen Blau, und ihr Haar schien aus purem Gold zu sein. Doch man nannte sie auch Neige, weil sie, sobald sie sich in der Luft auf ihrem Seil bewegte, so leicht schien wie eine Schneeflocke.

Und so hatte alles begonnen: Eines Tages, sie war noch ein Kind, war ein Wanderzirkus in ihre Stadt gekommen. Sie war augenblicklich hingerissen von der Möglichkeit, mit offenen Augen träumen zu können.

Ohne auch nur einen Moment an die Gefahr zu denken, hatte sie beschlossen, auf das Hochseil zu steigen. Sie zögerte nicht lange, und ihr Entschluss, Seiltänzerin zu werden, stand fest. Schnell erklomm sie immer neue Höhen – mit dem Seil ebenso wie in ihrer Kunstfertigkeit. So kam es, dass sie als eine der ersten Frauen den Seiltanz zu ihrem Beruf machte.

Nachdem sie zum ersten Mal auf einem Seil gestanden hatte, konnte sie von dieser Leidenschaft niemals wieder lassen.

# 29

Neige war Seiltänzerin geworden, weil sie sich stets darum bemühte, das Gleichgewicht zu bewahren. Sie, deren Leben einem verschlungenen Faden glich, dessen zahlreiche Knoten der unberechenbare Zufall und die Banalität der Existenz immer wieder neu knüpften und wieder lösten, sie wurde eine Meisterin in der subtilen und höchst gefährlichen Kunst, auf einem starren Seil vorwärts zu gehen.

Sie fühlte sich niemals so wohl, als wenn sie tausend Fuß über dem Boden ging. Immer geradeaus. Ohne sich jemals auch nur einen Millimeter von ihrem Weg zu entfernen.

Das war ihr Schicksal.

Schritt für Schritt vorwärts zu gehen.

Von einem Ende ihres Lebens zum anderen.

# 30

Sie hatte mit ihrer Kunst ganz Europa erobert. Im Alter von neunzehn Jahren hatte Neige bereits mehr als hundert Kilometer auf ihrem Seil zurückgelegt, oft unter größter Lebensgefahr.

Einmal hatte sie in Paris ihr Seil zwischen den beiden Türmen von Notre-Dame gespannt und hatte mehrere Stunden über der Kathedrale geschwebt, wie eine Esmeralda aus Wind, Schnee und Schweigen.

Später war sie durch ganz Europa gereist. In allen Großstädten hatte sie ihre Kunst gezeigt und bei jedem Mal die Gesetze der Schwerkraft herausgefordert.

Sie war keine Seiltänzerin wie alle anderen, denn sie schien sich wie durch Zauberei in der Luft zu bewegen.

Wenn man sie von weitem in schwindelnder Höhe erblickte, ragte ihr kerzengerader Körper hoch in den Himmel, einer weißen Flamme gleich. Mit ihrem goldenen Haar, in dem der Wind spielte, sah sie aus wie die Schneekönigin.

Denn in Wirklichkeit bestand die größte Kunst für sie nicht etwa darin, das Gleichgewicht zu halten, auch nicht, ihre Furcht zu überwinden, und noch viel weniger, auf dem endlos scheinenden Seil zu gehen, das aussah wie die Linie auf einem Notenblatt, unterbrochen von berauschenden Schwindeln. Das Schwierigste, wenn sie sich unter den Augen der Welt in dieser Höhe bewegte, war, sich nicht tatsächlich in eine Schneeflocke zu verwandeln.

# 31

Eines Tages schließlich war sie auf der ganzen Welt berühmt und begehrt. So kam es, dass sie die Niagara-Fälle und den Colorado überquerte.

Und ohne genau zu wissen, wie es dazu gekommen war, hatte sie schließlich Japan erreicht, zum unendlichen Glück Sosekis.

Es war das erste Mal, dass eine Künstlerin aus einem fernen Land in der Heimat der Samurai auftrat.

Und ein Samurai hatte sie gesehen und sich augenblicklich in sie verliebt.

In den Augen Sosekis war sie wie ein Gedicht, ein Gemälde, eine Kalligrafie, ein Tanz, eine Melodie – alles zugleich. Neige verkörperte für ihn das absolute Schöne in der Kunst.

Als sie ihre Vorstellung beendet hatte und schließlich auf die Erde zurückkehrte, musste Soseki die schöne Fremde einfach ansprechen. Während er sich ihr näherte, entdeckte er, wie fein ihre Züge waren, die geschwungene Linie ihrer Lippen, der Bogen ihrer Wimpern, und ihm war im selben Moment klar, dass er dieses Gesicht niemals würde vergessen können. Er sah in ihre Augen, und sie betrachtete auch ihn voller Interesse und Neugier. Sie verstanden einander, ohne ein Wort zu wechseln. Sie lächelte ihn an, und in diesem Lächeln verlor Soseki seine Seele.

Er kniete vor ihr auf den Boden, warf seinen Säbel ab und sagte zu ihr:

»Ihr seid die Frau, die ich immer gesucht habe.«

# 32

Neige war nie auf der Suche gewesen. Doch Sosekis Geste hatte für sie eine solche Schönheit, dass sie sich davon überzeugen ließ. Und sie willigte ein, ihn zu heiraten.

Sie verlebten glückliche Jahre miteinander. Die Geburt ihres Kindes festigte ihre Verbindung noch mehr. Es war ein Mädchen. Sie besaß die durchsichtige Schönheit ihrer Mutter und das schwarze Haar ihres Vaters. Man gab ihr den Namen Schneeflocke im Frühling.

Ihr Leben war von einer friedlichen Ruhe. Neige lebte sich allmählich in dem fremden Japan ein. Manches Mal hatte sie Heimweh, doch sie klagte niemals. Was ihr am allermeisten fehlte, war etwas anderes: ihr Beruf als Seiltänzerin.

Eines Nachts träumte sie, sie flöge durch die Luft. Am nächsten Morgen, als sie erwachte, verfolgte die Erinnerung an diesen Traum sie noch eine ganze Zeitlang. Dann vergaß sie ihn wieder.

Der Winter kam, dann der Frühling. Das Kind wuchs im strahlendsten Licht heran. Neige war glücklich. In der einen Hand hielt sie die Liebe Sosekis, in der anderen ihr eigenes Herz, das sie ihrer Tochter schenkte. Und diese zarte Balancierstange genügte, um sie auf dem feinen Drahtseil des Glücks im Gleichgewicht zu halten.

# 33

Es war ein sehr empfindliches Glück. Und eines Tages genügte diese Balancierstange auf einmal nicht mehr, dieses Leben im Gleichgewicht zu halten.

Eines Tages reichte die Liebe, die diese beiden Menschen ihr entgegenbrachten, nicht mehr aus, um sie glücklich zu machen. Sie vermisste das Leben in den luftigen Höhen so schmerzlich, dass die Sehnsucht nach dem Schwindel, dem Kitzel, der vollbrachten Leistung unerträglich wurde. Nichts wünschte sie sich sehnlicher, als wieder auf dem Seil zu stehen.

Sie bat Soseki um die Erlaubnis, ein letztes Mal über ein Hochseil zu gehen. Sie wollte im Herzen der japanischen Alpen ein Seil von einem Berggipfel zum anderen spannen.

Ihr Mann empfand diese Idee als vollkommen verrückt. Er konnte nicht begreifen, wie man sein Leben so in Gefahr bringen konnte, doch als wahrer Samurai fügte er sich schließlich und gewährte ihr diesen Wunsch.

Er ließ aus Europa zwei Stahlseile kommen: ein sehr kurzes, dünnes und ein starkes Seil, mit gewaltigem Durchmesser und von 500 Metern Länge. Dann schickte er zwei seiner Diener aus, damit sie das längere Seil an der Flanke eines hohen Berges im Zentrum der Insel Honshu befestigten.

Neige befreite ihre Balancierstange aus der Hülle, zog ihre Ballerinaschuhe an und begann, viele Stunden lang im Garten zu trainieren, indem sie auf dem kleinen Stahlseil immer hin und her ging, über die winzigen Berge der Blumen und einen winzigen Ozean, in dem Seerosen schwammen.

Soseki wurde nicht müde, sie dabei zu beobachten. Seine Frau war eine Seiltänzerin, wie es auf der Welt keine zweite gab. Auf dem Seil war Neige so glücklich, so schön, so überirdisch, dass er dem Himmel jeden Tag aufs Neue dankte, dass er sie ihm geschenkt hatte.

Ihr blondes Haar leuchtete, ihre hellen Augen strahlten, wenn sie durch die Luft schritt.

# 34

Das Ereignis sollte an einem der ersten Sommertage stattfinden. Die Menschen strömten aus dem ganzen Land herbei, um der mutigen Vorführung der jungen Französin zuzusehen. Man erzählt, dass sogar der Kaiser persönlich an der Seite des Samurai diesem Spektakel beiwohnte.

Als Neige den festen Grund verließ und sich auf das Seil hinaus bewegte, murmelte die Menge. Sie war so weit über allem, in solch schwindelnder Höhe, dass sie kaum mehr als ein weißer Punkt in den Lüften zu sein schien, eine einzelne Schneeflocke in der unendlichen Weite des Himmels.

Mit ihrer Balancierstange in den Händen schritt Neige langsam vorwärts. Nach mehr als eineinhalb Stunden näherte sie sich allmählich der gegenüberliegenden Bergflanke. Die Menschen unter ihr hielten den Atem an. Ein falscher Tritt, und sie war dem sicheren Tod geweiht.

Doch die junge Frau, die ihre Kunst so sicher und vollkommen wie keine andere beherrschte, ging unaufhaltsam weiter. Schritt für Schritt. Atemzug um Atemzug. In der unendlichen Stille und auf der schwindelnden Höhe des Seils.

Sie zögerte oder schwankte nicht ein einziges Mal. Jeder ihrer Schritte war fest und sicher.

# 35

Es war das Seil, das riss. Die beiden Diener hatten es wohl nicht richtig befestigt, sodass es sich aus seiner Verankerung am Fels löste und die junge Frau und ihre Balancierstange tausend Fuß mit in die Tiefe riss. Diejenigen, die sie aus der Ferne ins Herz der japanischen Alpen hinabstürzen sahen, hielten sie für einen Vogel, der vom Himmel fällt.

Ihr Leichnam wurde nie gefunden, vermutlich hatte ihn eine Felsspalte aufgenommen. Neige war zu Schnee geworden und schlief in einem Bett aus unberührtem Weiß.

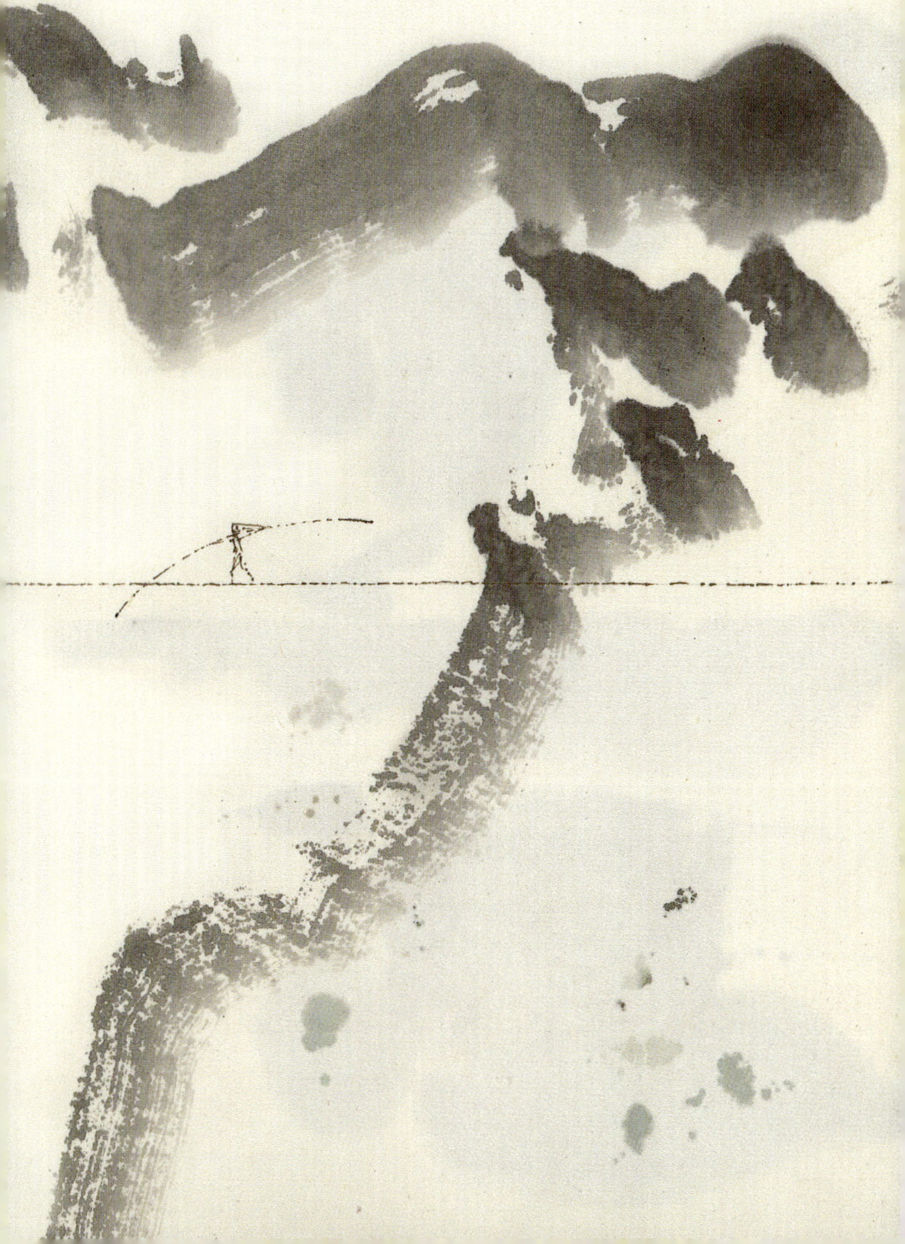

# 36

Soseki kam niemals über den Tod seiner Frau hinweg. Die beiden Diener, die ihn verschuldet hatten, wurden entlassen, ohne dass man sie weiter zur Rechenschaft gezogen hatte. Man erfuhr nach einigen Tagen, dass sie sich das Leben genommen hatten, indem sie sich von einer Klippe gestürzt hatten. Der Samurai empfand darüber weder Genugtuung noch Trauer. Er sah einzig seinen eigenen Schmerz, alles Übrige berührte ihn nicht. Er wusste nur, dass er die Frau, die er liebte, für immer verloren hatte. Niemals würde er Neige wieder finden, niemals wieder würde er ihre Schönheit erblicken.

Nachdem er in sein Haus zurückgekehrt war, aus dem jetzt jegliche Freude verschwunden war, legte er sein Kriegergewand ab. Er wollte kein Samurai mehr sein. Er wollte nicht länger im Dienst des Kaisers stehen.

Fortan würde er sich ausschließlich der Erziehung seiner Tochter und seiner Kunst widmen. Der absoluten, reinen Kunst. Das Gesicht seines Kindes, in dem ihm seine verlorene Liebe begegnete, sollte die Quelle seiner Inspiration sein, und in der Kunst wollte er das Gleichgewicht wieder finden, das durch den Tod der Seiltänzerin verloren gegangen war.

So kam es, dass er durch die Liebe zu einer Frau zum Dichter, Musiker, Kalligrafen, Tänzer wurde. Und zum Maler.

Denn die Malerei war natürlich die offensichtlichste und wahrhaftigste Verbindung zwischen dem verlorenen Gesicht und der absoluten Kunst. Sie war das sicherste Mittel,

um Neige wieder zu finden. Dies war der Grund, weswegen Soseki in dieser Kunst schließlich die höchste Meisterschaft erlangen sollte.

Soseki begab sich zu einem Farbenhändler, wo er alles erstand, was er zum Malen benötigte: eine Staffelei aus Holz, mehrere Seidenpinsel, eine Palette, eine unendliche Zahl von Farben. Dann ließ er schließlich in seinem Garten eine kleine Hütte errichten. Dorthin zog er sich zurück und verriegelte die Tür. In diesem Atelier verbrachte er viele Jahre damit, die Tote zu malen, die ihm fremd und rätselhaft geblieben war und die er nur noch im Traum wieder finden konnte.

Doch trotz unermüdlicher Arbeit war Soseki mit seinem Werk niemals zufrieden. Seine Bilder, die ohne Zweifel großartig waren, schienen ihm stets zu viel Farbigkeit zu besitzen, ihrem Vorbild kaum nahe zu kommen. Um wiederzugeben, was Neige wirklich war, hätte das Bild weiß, jungfräulich, vollkommen rein sein müssen.

Doch wie konnte man dieses Weiß malen? Jedes Bild der jungen Frau war schön, doch keines ähnelte auch nur im Entferntesten dem Schnee.

So fuhr Soseki fort, seine Kunst weiterzuentwickeln, Tag für Tag, Nacht für Nacht, ohne dessen überdrüssig zu werden.

Darüber wurde er ein alter Mann. Seine Tochter, inzwischen zu einer schönen Frau herangewachsen, wurde nach Tokyo geschickt, wo sie ihre Ausbildung fortsetzen sollte. Der alte Mann war mit seiner Leinwand und Staffelei allein. Er strengte seine Augen an, das Bild seiner verstorbenen Frau heraufzubeschwören. Und durch seine unablässige Arbeit verlor Soseki allmählich das Augenlicht.

Aber genau an dem Tag, an dem er schließlich vollkommen erblindet war, malte Soseki in der tiefen Dunkelheit seiner Augen das weißeste und schönste seiner Porträts.

# Dritter Teil

# 37

»Nun, hier endet die Geschichte«, sagte Horoshi schließlich. »Mein Meister konnte seine Frau niemals vergessen, ebenso wenig hat er aufgehört, sie zu verehren und zu malen. Auch nicht, nachdem er längst blind war. Vielmehr war es ihm in der größten Finsternis seiner Augen gelungen, die Reinheit überhaupt zu entdecken. Erst da hat er begriffen, dass das wahre Licht und die wirklichen Farben für immer unlösbar mit der Schönheit der Seele verbunden sind. Für ihn war das Gesicht einer verschwundenen Frau der Ausgangspunkt auf dem Weg zur absoluten, reinen Kunst. Und er hat erst in dem Moment begonnen, das Licht und all seine Nuancen meisterhaft zu beherrschen, da das Licht für ihn unwiederbringlich verloren war. Er hat die Quintessenz der Kunst aus dem Nichts destilliert. Deswegen ist Soseki ein großer Künstler.«

Der Diener schwieg einen Moment, und Yuko wurde von einem Schauder ergriffen. Er sah den alten Mann und sagte:

»Ich weiß, wo diese Frau ist. Ich habe sie auf meinem Weg hierher gesehen. Sie ist tot, doch man hat den Eindruck, als wäre sie noch am Leben. Sie liegt in einem gläsernen Sarg. Sie ist so unvergleichlich schön, dass ich den Blick nicht von ihr abwenden konnte und eine Nacht bei ihr geblieben bin.«

Während Yuko sprach, blickten seine Augen ins Leere. Er war der langen Erzählung so voller Spannung gefolgt, dass es jetzt schwierig war, in die wirkliche Welt zurückzufinden.

Horoshi quittierte Yukos Bemerkung mit einem Lächeln und einem höflichen Nicken, doch er glaubte ihm selbstverständlich kein Wort.

# 38

Am nächsten Morgen, am silbernen Fluss, verlangte Soseki, Yuko solle die Augen schließen und sich das Weiß vorstellen.

»Weiß ist keine Farbe. Es ist die Abwesenheit von Farbe. Schließe nun die Augen und sage mir, was du siehst.«

»Meister, ich sehe einen gläsernen Sarg im Eis. In diesem Sarg sehe ich das Gesicht einer jungen Frau. Sie ist hier, vor meinen Augen. Sie ist so zerbrechlich wie ein Traum. Es ist eine nackte, blonde Frau, eine Europäerin. Sie ist tot. Sie schläft unter einer meterdicken Eisschicht. Ihr Grab befindet sich im Herzen der Insel Honshu, inmitten der japanischen Alpen. Sie war einst Seiltänzerin, und ihr Name ist Neige. Ich kenne den Ort, an dem sie liegt.«

Sosekis Gesicht erstarrte bei diesen Worten. Ohne seinen erloschenen Blick vom Horizont abzuwenden, den er nicht sehen konnte, antwortete er:

»Wer bist du, dass du das weißt? Ein Gesandter der Finsternis. Kein Mensch weiß, wo sie sich befindet. Die Berge haben sie verschlungen. Seitdem sind viele Jahre vergangen.«

»Das stimmt nicht. Die Berge haben ihren Körper schließlich wieder herausgegeben. Langsam, Jahr um Jahr trug die Schneearmee ihren Körper aus der tiefen Spalte, in der sie umkam, an die Oberfläche herauf. Sie ist da, einen Meter unter dem Eis. Sie liegt völlig unversehrt in ihrem gläsernen Sarg und ist noch ebenso schön, wie Ihr sie gekannt habt.

Glaubt mir, ich weiß genau, wo sie ist und werde den Ort wieder finden. Ein Zufall hat mich an die Stelle geführt, als ich die Alpen überquerte. Ich war von ihrer Schönheit so ergriffen, dass ich meine Augen nicht von ihr wenden konnte und eine ganze Nacht bei ihr blieb. Ich habe die Stelle, an der sich ihr Grab aus Eis befindet, mit einem Holzkreuz markiert. Wenn Ihr es wünscht, kann ich Euch dorthin führen.«

Der Meister begriff nun, dass Yuko die Wahrheit gesagt hatte und konnte nicht verhindern, dass ihm Tränen in die Augen stiegen.

»Ich wusste, dass sie mir eines Tages eine Botschaft schicken würde. Doch ich dachte nicht, dass mich diese Botschaft erst so spät in meinem Leben erreichen würde.«

Dann wandte er sich Yuko zu und legte eine Hand auf die Schulter des jungen Mannes.

»Stelle dir vor, seit ihrem Tod habe ich jeden Tag versucht, die schneeweiße Schönheit ihres Gesichts wieder zu finden, in der Malerei, in der Musik, in der Dichtung. Stelle dir vor, dass ihr Gesicht jetzt für meine Augen erreichbar wäre – und jetzt können meine Augen sie nicht mehr sehen.«

# 39

Am nächsten Tag, als der morgendliche Unterricht beendet war, fragte Yuko den Meister:

»Habt Ihr über meinen Vorschlag nachgedacht? Wann wünscht Ihr, dass ich Euch zu dem Grab Eurer verstorbenen Frau führe?«

Soseki seufzte. Schließlich entgegnete er mit tiefer Trauer in der Stimme:

»Mein Lieber, ich glaube diese Reise ist nutzlos. Ich bin davon überzeugt, dass du die Wahrheit sagst. Aber was bringt es für einen alten blinden Mann wie mich, das Grab einer Toten aufzusuchen? Meine Frau ruht in Frieden an diesem Ort, den du durch Zufall entdeckt hast. Möge ihre Ruhe in dieser Abgeschiedenheit auf ewig ungestört bleiben.«

Damit verließ er Yuko und zog sich in seinen blühenden Garten zurück.

# 40

Ein Monat verging. Yuko wagte nicht mehr, in Gegenwart des Meisters über die junge Frau im Eis zu sprechen. Im Übrigen schien Soseki sich an ihrer beider Geheimnis nicht mehr zu erinnern.

Der Meister begrüßte ihn wie gewohnt jeden Morgen und begann mit dem Unterricht. Dann zog er sich für den Rest des Tages zurück, und auch während des Abendessens blieb er stumm und unnahbar.

Doch eines Morgens, als sie wieder am Ufer des silbernen Flusses standen, sagte der alte Mann:

»Yuko, du wirst eines Tages ein vollkommener Dichter sein, wenn du in deiner Schreibkunst die Besonderheiten der Malerei, der Kalligrafie, der Musik und des Tanzes mit aufnimmst. Doch vor allem anderen musst du die Kunst des Seiltanzes beherrschen.«

Yuko lächelte. Der Meister hatte es also nicht vergessen.

»Inwiefern soll die Kunst des Seiltanzes mir bei meiner Dichtung helfen?«

Soseki legte seinem jungen Schüler die Hand auf die Schulter, wie er es einen Monat zuvor getan hatte, und sagte:

»Warum? Nun, in Wahrheit ist ein Dichter, ein wahrer Dichter, ein Seiltänzer. Schreiben bedeutet, auf dem Seil der Schönheit, dem Seil eines Gedichtes, eines Kunstwerkes, das auf einem Blatt Seidenpergament niedergelegt ist, Schritt für Schritt voranzuschreiten. Schreiben bedeutet,

Schritt für Schritt, Seite für Seite auf dem Weg eines Buches vorwärts zu gehen. Das eigentlich Schwierige für den Dichter ist nicht, sich vom Boden zu entfernen und sich mithilfe der Balancierstange, seiner Feder, auf dem Seil der Sprache im Gleichgewicht zu halten. Es besteht auch nicht darin, auf diesem Seil unbeirrt immer weiterzugehen, trotz der flüchtigen kleinen Schwindel, die einen ergreifen, und sei es durch das Herabfallen eines Kommas oder das Hindernis eines Punktes. Nein, das Schwierigste für den Dichter ist es, unaufhörlich auf diesem Seil des Schreibens zu bleiben, jede Stunde seines Lebens weit über allem anderen auf der Höhe eines Traumes zu schweben, nie vom Seil seiner Imagination herabzusteigen, und sei es nur für einen Augenblick. Das eigentlich Schwierige ist in der Tat, ein Seiltänzer der Sprache zu werden.«

Yuko dankte dem Meister dafür, dass er ihn die Kunst auf so schöne und so subtile Weise lehrte.

Daraufhin lächelte Soseki und sagte:

»Morgen machen wir uns auf den Weg zu Neige.«

# 41

Sie brachen im Morgengrauen auf. Yuko ging voran, und der Meister folgte dem Geräusch seiner Schritte.

Jedes Mal, wenn der junge Mann ihm die Hand reichen wollte, weil der Weg gefährlich wurde, weigerte sich Soseki, seine Hilfe anzunehmen, und überwand die schwierige Stelle aus eigener Kraft.

Am Abend schliefen sie in einer einfachen Herberge auf einer Matte auf dem blanken Boden. Jedes Mal wenn Soseki bei der Ankunft in einem Dorf seinen Namen nannte, öffneten sich ihnen wie durch Zauberei alle Türen. Ganz Japan schien diesen Mann zu kennen und zu verehren. Yuko war davon überwältigt. Er begriff nun, welches Glück er hatte, von einem solchen Lehrer unterrichtet zu werden.

Es ist nicht vielen gegeben, zu Lebzeiten einem göttlichen Wesen zu begegnen.

# 42

Die Reise durch das nicht enden wollende Weiß dauerte viele Tage lang.

Sie sahen das Weiß der blühenden Kirschbäume.

Das Weiß der Stille begleitete die beiden Wanderer auf ihrem Weg.

Eines Morgens schließlich tauchten die Gipfel der Berge vor ihnen auf. Der Weg stieg allmählich an, führte in die Richtung des weiten, reinen Himmels hinauf.

Dies waren die schwierigsten Stunden ihrer Wanderung. Soseki zeigte erste Anzeichen von Erschöpfung. Doch Yuko gab vor, sie nicht zu bemerken. Im Übrigen waren sie inzwischen ganz in der Nähe des Grabes im Eis.

Die Reise neigte sich ihrem Ende zu.

# 43

Als Yuko schließlich das hölzerne Kreuz erblickte, zitterte er vor freudiger Erregung, und er rief aus:

»Meister, ich habe sie wieder gefunden!«

Der junge Mann stürzte zu dem Felsüberhang, unter dem er Neiges Grab in der stürmischen Nacht entdeckt hatte. Er stieß einen Schrei der Überraschung aus.

»Was ist?«, fragte Soseki voller Unruhe. »Ist Neige für immer im Innern des Berges verschwunden? Hat eine Lawine sie verschüttet und erneut verborgen?«

»Nein«, sagte Yuko, »ganz im Gegenteil. Es ist, als hätte die Schneearmee unsere Wünsche erhört und sich auf unser Kommen vorbereitet. Neige ist da, aber ihr Körper ist noch viel näher an der Oberfläche als beim letzten Mal, als ich sie sah. Sie liegt nur etwa zwei oder drei Fingerbreit unter dem Eis. Man kann sie beinahe berühren.«

Hier war sie, zum Greifen nahe. Dieses Wesen, das so schön, so nackt, so blond und so zerbrechlich war, wie ein Traum. Sie war tot. Und doch schien sie wie lebendig. Sie schlief unter dem Eis, und man meinte, sie müsse jeden Moment erwachen und aus ihrem Grab steigen.

Sie war nicht wirklich nackt, wie er beim ersten Mal geglaubt hatte, doch der Stoff des leichten Gewandes, das sie auf dem Seil getragen hatte, war durch die langen Jahre unter dem Eis ganz dünn und fast durchsichtig geworden. Und ihr feingliedriger Körper, ihre helle, durchscheinende Haut schienen dadurch noch zarter, noch entrückter.

Yuko warf sich auf den Boden und kratzte mit seinen Fingernägeln an der Eisschicht. Schließlich erschien Neige an der Oberfläche. Er nahm Sosekis Hand und legte sie auf das Gesicht der jungen Frau.

»Könnt Ihr fühlen, dass es ihr Gesicht ist? Fühlt Ihr ihre Haut?«

Die Hand des alten Mannes streichelte die Wange seiner verlorenen Geliebten.

Soseki war blind, doch brauchte er seine Augen nicht, um die Formen dieses Gesichts wieder zu erkennen.

Die junge Frau war unter dem Eis so unversehrt geblieben, dass ihm eine Berührung der blauen Lider genügte.

»Sie ist es ohne jeden Zweifel. Das ist Neige. Du hast die Wahrheit gesagt.«

Dann fiel er auf die Knie und beweinte mit heißen Tränen seine verlorene und wieder gefundene Jugend.

# 44

Soseki sollte diesen Berg nie mehr verlassen. Er legte sich auf das Eis, zu seiner Liebsten, und schloss die Augen.

Yuko versuchte, ihn davon abzuhalten und wieder zum Aufstehen zu bewegen, doch Soseki entgegnete ihm ruhig und bestimmt:

»Lasse mir meinen Frieden. Ich habe meinen Platz gefunden. Für alle Ewigkeit.«

Dann schlief er neben dem makellosen Körper seiner jungen Frau ein.

Im Moment seines Todes ging er ganz auf im reinsten Weiß der Welt.

Er war glücklich.

Sein Herz war am Ziel seiner Wünsche und hatte Frieden gefunden.

# 45

Yuko kehrte allein aus den Bergen zurück.

Er wanderte nach Norden.

Auf den Schnee zu.

Er wandte sich kein einziges Mal um.

Er entfernte sich immer weiter, Schritt für Schritt, wie auf einem Seil, das zwischen dem Süden und dem Norden Japans gespannt ist.

Wie ein Seiltänzer.

# 46

Als er schließlich zu Hause eintraf, begrüßte sein Vater ihn freudig. Er erkundigte sich nach dem Verlauf seiner langen Reise und wollte wissen, was er beim Meister gelernt hatte. Doch Yuko beantwortete seine Fragen nicht. Er zog sich in seine Kammer zurück und schloss sich dort für mehrere Tage ein.

Eines Morgens hielt der Priester es nicht mehr aus und verlangte den Grund für dieses freiwillige Exil zu erfahren. Yuko antwortete:

»Vater, Soseki lebt nicht mehr. Lasst mich mit meiner Trauer allein.«

Wieder verriegelte er die Tür und weinte.

Doch trotz der tiefen Freundschaft, die ihn mit Soseki verbunden hatte, und der Bewunderung, die er ihm entgegenbrachte, beweinte Yuko in Wahrheit nicht den Tod seines Meisters.

Er beweinte die Liebe, die er im Schnee verloren hatte.

# 47

Viele Nächte träumte er von der Frau im Eis.
Von Neige.

Eines Nachts kam das Mädchen vom Brunnen zu ihm und bot sich ihm an. Doch der junge Mann wies sie mit einem ungeduldigen Seufzen ab. Sie lief schluchzend davon, und er sah sie niemals wieder.

Die Jahreszeiten verstrichen im Stundenglas der Zeit.

An den ersten Tagen des Winters begann es zu schneien. Und mit dem Schnee floss die erste Tinte des ersten Gedichts auf das Seidenpergament.

Als die ersten Zeichen zu Papier gebracht und die ersten Verse niedergeschrieben waren, wurde Yukos Herz etwas leichter. Zumindest schien es ihm anfangs so, doch es war nur eine Täuschung. Seine Dichtung konnte ihm seinen tiefen Kummer zwar erleichtern, sobald er aber die Feder niederlegte, erstarrte sein Herz zu Eis.

Es war ein langer Winter, der im hellsten Weiß erstrahlte.

# 48

In den ersten Tagen des Frühlings änderte sich mit einem Mal Yukos Schreiben. Seine Gedichte bekamen ganz allmählich einen anderen Ton.

Er überraschte sich selbst dabei, dass er andere Nuancen entdeckte als das Weiß des Schnees.

Der Unterricht von Meister Soseki begann Früchte zu tragen. Früchte aus Gold, aus Silber und aus Träumen.

Nun erst beherrschte Yuko die Dichtkunst in größter Vollendung. Seine Haikus waren nicht mehr von diesem ausschließlichen Weiß. Jedes Gedicht enthielt das ganze Farbenspiel des Regenbogens. Seine Sprache war klar und durchsichtig, von großer Schönheit. Und sie war voller Farbe.

Doch in seinem Herzen herrschte ein kaltes Weiß.

# 49

Eines Morgens im April, ein Jahr nach dem Tod Meister Sosekis, stand eine junge Frau am Tor und verlangte Yukos Vater zu sehen. Der Priester erkannte sie sogleich wieder. Es war die Begleiterin des kaiserlichen Hofdichters. Die junge Frau, für die sein Sohn bei ihrer ersten Begegnung einen schrecklichen Hass und eine tiefe Liebe empfunden hatte. Diesmal war sie allein gekommen.

Der Priester empfing sie mit allen Ehren und bot ihr eine Schale dampfenden Tees an, den sie in kleinen Schlucken trank, den Blick auf den silberglänzenden Fluss gerichtet. Dann führte er sie schließlich in das Atelier seines Sohnes.

Als Yuko sie erblickte, wurde er so von ihrer Schönheit ergriffen, dass er erzitterte. Das Haiku, das er gerade im Begriff war, in schönster Kalligrafie auf das Seidenpergament zu bringen, zeigte die Spuren seines Zitterns. Die Feder, die Yuko in der Hand hielt, rutschte aus und malte ein sonderbares Zeichen. Eine gerade Linie, die von einem Komma unterbrochen war. Es erinnerte an die Zeichnung einer graziösen Seiltänzerin auf ihrem Seil.

Yuko wandte sich der jungen Frau zu und lächelte sie an. Ohne ein Wort zu sagen, ging sie auf ihn zu und legte ihm sanft die Hand auf die Schulter. Dann neigte sie sich über das Werk des jungen Meisters und sagte:

»Noch niemals hat jemand ein schöneres Porträt meiner Mutter gezeichnet.«

Ihr Name war Schneeflocke im Frühling.

# 50

Yuko betrachtete die Zeichnung, die vor ihm lag, blickte die junge Frau an und begriff in diesem Moment, dass sich, in dem schmalen Streif der Wirklichkeit, die ihn umgab, soeben ein Traum vollendete.

»Ich habe lange auf Euch gewartet«, sagte er.

Sie legte den Kopf auf seine Schulter und schloss die Augen.

»Ich wusste, dass du noch länger auf mich warten würdest.«

# 51

In dieser Nacht liebten sie sich zum ersten Mal. Er, der Dichter, und sie, die Tochter seines Meisters und der Frau aus dem Eis.

Als er in sie eindrang, stieß sie Schreie aus, die ihm unter die Haut gingen.

Er küsste ihre Augen, ihre Brüste, ihren Bauch.

Erst im Morgengrauen fielen sie in einen leichten Schlummer.

Draußen schneite es.

## 52

Es gibt zwei Arten von Menschen.

Es gibt jene, die leben, spielen und sterben.

Und es gibt jene, die niemals etwas anderes tun, als sich auf dem Grat des Lebens im Gleichgewicht zu halten.

Es gibt die Schauspieler.
Und es gibt die Seiltänzer.

# 53

Yuko begab sich nie zum Hofe des Kaisers.

Schneeflocke im Frühling wurde niemals Seiltänzerin.

Keinesfalls darf die Geschichte sich wiederholen.

Sie heirateten in den ersten Tagen des Sommers, am Ufer des silberglänzenden Flusses.

# 54

Und sie liebten einander.
In der schwindelnden Höhe eines Seiles
aus Schnee.

Die französische Originalausgabe erschien 1999
unter dem Titel »Neige« bei Arléa, Paris

*Umwelthinweis:*
Dieses Buch und der Schutzumschlag
wurden auf chlorfrei gebleichtem Papier gedruckt.
Die Einschrumpffolie (zum Schutz vor Verschmutzung)
ist aus umweltfreundlicher und recyclingfähiger PE-Folie.

1. Auflage

Satz: Uhl + Massopust, Aalen
Druck: RMO & Welte, München
Bindung: Großbuchbinderei Monheim
Printed in Germany
ISBN 3-442-30933-6
www.goldmann-verlag.de